도모

      우리는 매주 줌을 통해 이야기를 나눴고 두세 달에 한 번씩 실제로 만난다. 종이를 펼쳐놓고 말을 주고받았다. 중간중간 담배를 피우는 사람과 피우지 않는 사람은 마당에 나와서 쉬는 시간을 가졌다. 종이를 뒤집어놓고 나서는 중구난방으로 대화를 나눴다. 새벽이 올 때까지. 우리에겐 임의로 지어놓은 이름이 있었지만, 더 끈끈한 뭔가가 필요하다고 생각했다. 우리는 말이 되는 단어와 말도 안 되는 단어를 꺼내놓다가 한순간 한 사람이 눈썹을 치켜뜨고 단어 하나를 내뱉었다. 다른 한 사람이 "네가 한 건 할 줄 알았어" 말하던 2021년 10월 25일. 가을. 마치 나라 하나를 건국한 사람들처럼 나란히 서서 사진을 찍었다. 우리는 '도모' 동인이다.

목차

김윤리

옆을 봐

개가 알려준 노래 이제 안 들어
기쁨이 언젠가 사라진다는 것을 믿을 수 없다

주인공의 이름이 제목인 그 곡에서는
이상한 사건이 멈추지 않았다

함부로 들어갈 수 없는 굴에 들어가
루비 조각을 들고 나올 수 있을 것
새로운 등장인물은 길을 걸어가다가도 나타나고
순례자는 어디든 있어

그래서 그랬다
나만이 선택받은 줄 알고
발끝에 힘을 주고 달리던 것은

옆을 봐
같은 옷을 입고 같은 신발을 신고
같은 반지를 낀 사람이 나를 스쳐지나간다

똑같은 목적을 가지고
한 사람만이 들어갈 수 있다는 통로로 함께 들어간다

비장한 얼굴로 입장하다
달려가는 인파에 발이 밟히는 순간
펼쳐지는

작은 창문으로 채워진 벽 같다
뾰족한 지붕의 귀퉁이
전봇대에 걸린 전깃줄
누군가 널어놓은 수건의 끄트머리
도시에서 가장 오래된 느티나무의 몸통
미동 없는 천막
칠이 벗겨진 과속방지턱
흔들리는 풀
닫히지 않은 맨홀 뚜껑
……발 빠짐 주의

어떤 창문에는 계속 다른 얼굴이 지나쳐가고
너머에는 하나의 풍경만이 펼쳐지지만……

맨홀에서 먹고 자는 방법
막 덮은 책의 이름이다

다음 정류장에서 내려야 한다
꼭 노래에 대한 이야기는 아니다

삼켰다

다 똑같은 걸 먹으면서
뭐 그렇게 독특하게 산다고

오트밀 반죽을 정말 곰이나 토끼 모양으로
만들고 싶은 거야?

너라면 누군가 네 얼굴을
한 입 가득 깨물어 먹어도 좋다는 거야?

근데 나도 먹은 적 있다
진저브레드맨 쿠키
웃고 있는 표정을 산산조각 낸 적 있다

일어난 적도 없다는 듯
되돌릴 수도 있지
가상 세계에서
백지에서

실은 깨지지 않았다거나
무사하다는 말을
그곳에선 할 수 있다

그러면 창문에 남아 있는 빗물 자국
오래 쳐다보는 거 안 해도 되고

……로부터 몇 번째 여름
이런 거 안 세도 되고

최후의 보루 같은 거 만들지 말걸
후회 안 해도 되고

놀았다
삼켰다
끝났다
과거형 동사 마음껏 써도 되고

투명인간에 대한 영화를 볼 때마다
투명해봤자 비 오면 소용없다
빗방울이 튕기면서 형체를 만들어낼 것 아니냐

물방울 정도는 통과해줘야 초능력이지
능력치고 너무 허술한 것 아니냐
덧없는 논쟁 안 떠올려도 되고

주머니에 굴러다니는 부스러기들

안 털어내도 된다

9/10이라고 하면 9월 10일이 아니라
10개 중에 9개를 차지하고 있다는 것처럼 느껴진다

다른 누군가가 내민
진저브레드맨 쿠키를 건네받아
조금 깨물어 먹는다

원래 이야기는
약점으로 만들어내는 거다

일어난 일

목구멍까지 차오른 신물을 삼키는 기분
좋아하는 반찬만 먹을 순 없잖아
그게 너의 핑계였다면

고무줄 팽팽히 당겼다가
놓을지 말지 선택하는 건 너고
질끈 감고 있던 눈은 어떡할 건데

500년 된 나무를 우러러보는 건 그 나무가 쌓아온 시간
때문인 건가
그럴 거면 플라스틱이나 전시하라 그래
천년이 되어도 썩지 않을 불변성이나 배우라 그래
그런 이야기 하면서 박수치며 웃던 날
높은 천장 바라보며 완벽하게 속하던 기분

세상에서 말끔하게 지워진 기분 손만 뻗으면 닿던 게 없
어진 거야 아침에 눈을 뜨니까 쓰던 안경이 없어졌어 보이지도
않는 눈으로 온 집안을 헤매고 다니는데 동생이 태어나 처음
듣는다는 얼굴로 도대체 안경이 뭔데 그러냐는 거야 시력은 한
번 나빠지면 끝장 아니냐면서

그 말 들으니까 뭘 더 안 해도 될 것 같네

영수증 넣은 주머니에선 영수증만 나오는 걸 잠깐 잊었다

값은 치렀고

땡스 투

잘 살아

다시는 오지 마

나혜

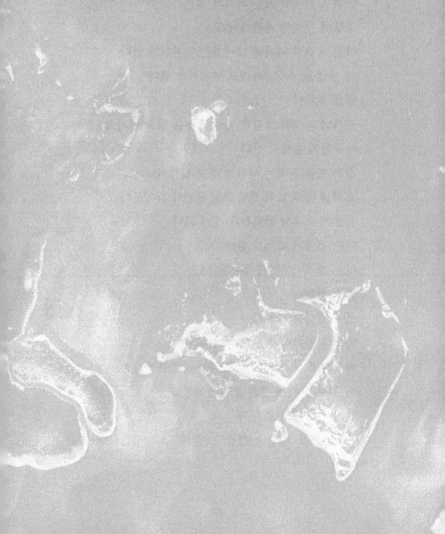

공벌레

공원에서 마시자
밤중에 만나버리자
우리 기쁜 척할 수 없고 그만둘 수 없잖아

너 계속 그렇게 무릎을 감싸고 있으니까 뜨거운 거네
웅크린 자국이 남아버리기 전에…

친구야 사람이 물어보면 대답을 해
그만 노래하고
그 자리에 바로 서서 부르는 노래
팔 휘저으며 노래
단 한 번도 눈뜨지 않고 간절히 핸드폰 붙잡고
야 대체 공사하냐고 너무 시끄럽고
너무 맑고 깨끗하다 또
만만하니까 사람들이 울 수가 없지
오이 찾지 마 편의점에서 안 판다고
이 공원에 갈림길이 어쩜 이리 많은 지
돌아서 가자

네가 사랑을 할 때
너의 모근은 촉촉하고 내 눈동자도

평범하게 축하하지 못하는 것도 이해를 해라
후드 끈 잡아 빼서 휘두르는 것도 그만하고
그냥 야속한 거지
금방 한심해지지
그러다가 책임이 되고

하루 만에 끝내든지 평생을 가져가든지
창백한 입술의 껍질을 뜯어
벌써부터 태양이 높이 가고 있으므로

그래 우리 눈 떠본 적도 없는 것 같아 이 감촉을 위해
고꾸라진
의자가 필요할 때 무릎이 꼭 그런 모양
적당히 맞장구 칠 테니
점차로 회복하자

에스 오 에스

원래 넘어진 다음 날이 더 아픈 거 알지

인생에서 그런 추가 점수 받는 경우 잘 없으니까 기쁘게 생각해

왜 날 안

너 왜 날

모든 것이 중요해

너는 대체 뭐가 중요한지를 모르겠니? 어떻게 나를 몇 년을 살아도 모르니? 정신 빠져가지고 왜 아무것도 모르니?

어쩌라고 니가 날 혼자 두길 즐겼잖아 신기하다 너의 아픔도 대신할 수 있었다면 좋았을 텐데 진심으로 그렇게 생각했는데 어쩌라고 니가 나한테 하고 싶은 말들을 다 일본어로 써봐 영어로 써봐 한국어가 아닌 말로 써보란 말이야 그러면 니가 나한테 무슨 말을 하고 싶은 건지 알게 될 걸 정신차리라는 말이야

내가 실족하려 들기 전에 억울해 용서 못 해 이제 내가 울 때 너는 슬픈 사람의 울음과 억울한 사람의 울음을 구분할 수 있어진다. 진다. 별로다.

별로였다.

영화관에서 자리를 박차고 나왔다. 다행입니다. 영화관에서라도 그런 선택을 할 수 있는 사람이어서 우리가,

청소랑 빨래나 잘 하자

슬픔이나 우울은 삶의 무엇에 비해도 깊이가 얕기만 해
눈치를 보면서도 결국에는 쏟아내
밑이 빠져버린 그릇에다가
버렸다가 다시 주워 온 그 그릇에
너무 사랑해서 붙일 생각도 못하는 제일 사랑하는 쓰레기야
바작바작 입술
내려앉는 잇몸
아 비행기 날아간다
안전띠를 하라는 그림은 안전띠와 사람이 연결되어 있지
않은 그림
비상상황 이젠 진짜로 해야 돼
3초 안으로 정확하게 착용
하고 옆 사람을 도와서
외쳐
그딴 거
이 세상
마지막
기억으로
가져가지
마

목구멍

심호흡해
중력이 사라지고 있어, 하늘은 즐거워 보여

점점 우리의 몸이 떠오르는 것을 본다
흉통이 좁아지는 느낌이 나
쨍쨍한 햇빛이 흐르는 구름 뒤에 가려지며
정류장에 묶인 자전거 스무 대 일제히 공중으로. 저기 멀리 플라스틱 음료수 컵과 빨대가 회오리바람이 되어 거세져 휴대폰과 충전기 알약 가방 신발 전부 가져가고 있어

우주는 일 초마다 성장해서 몸집을 늘린대
조그만 틈조차 허락하지 않고 그 공간을 우리가 채울 것 같아
뭐가 이렇게 많아 용서 못 해

중력아 힘이 세서 다행이다 너는 산도 들 수 있겠지만 그렇게 하지는 않는 거지?
가고픈 곳으로 방문하는 날개 달린 천사가 되는 거 아냐? 행복한 상상을 해봤지만

강하게 붙들려

어디에도 갈 수 없어

욕심 내볼게 잠깐만 물을게
이미 시작된 것 같은데 참을 수 있겠니

빨리 사라지는 것만을 목표로 해
빠른 것 네가 좋아하는 거잖아
다 네 것 된 것만 같잖아, 같잖아!

드디어 우리의 모든 것이 마지막의 마지막에
이렇게 떠올랐는데
쓰레기 산이구나 그 안에 내가 있구나

우리는 쓰레기다
너무 많아서 더럽고 숨이 막히는

검정 우주 속에서 빛나고 있는 길고양이와 들개들의 눈빛
을 봐, 너무 아름다워
혓바닥과 송곳니가 질주한다 표면 위로 미끄러지듯이 웃
으며 빛내며

크게 벌린 목구멍 다가온다
눈을 감는다

얼핏 널 봤어
다행이라는 생각이 들어

이렇게 편안히 죽어도 되는 건지 정말 모르겠어

손질

나는 초연하다
몸에 열이 많고 정해진 시간에는 전부 늦어버리지만
이 시가 완성되는 때까지는 그럴 것이다
저녁 약속 취소했다
다리에 이유 모를 멍이 생겼다
창문으로 아파트를 짓고 있는 공사 현장을 바라봤다
일본어 학원에 등록했다
외국어 이름 짓고 까먹었다
유통기한 지난 영양제 한 통을 버렸다
한 시간에 한 번씩 턱 스트레칭을 했다
70편짜리 드라마 끝냈다
쌀죽을 끓였다
직접 만들었다는 바질페스토를 선물 받았다
자주 가던 카페가 문을 닫았다
따뜻한 커피를 내렸다
커다란 무지개를 봤다
마스크에 담뱃재를 떨어뜨렸다
막혀있던 귓볼을 다시 뚫었다
영화관에서 말벌을 조심하란 경고문을 읽었다
그날 본 영화에 대해 며칠간 생각했다
멍 위에 또 멍이 생겼다

올리브 나무를 들였다
작은 귤나무도 들였다
낙원상가에서 헤맸다
사람들과 큰 원 모양으로 앉아 그때의 기분을 이야기했다
하려던 말을 까먹었다
처음 만난 사람과 함께 포스터를 붙였다
어깨가 아파서 한 손만 움직여 박수를 쳤다
행사가 끝나기 전에 먼저 나왔다
양치하다 토했다
영화보다 잠들었다
입술에 헤르페스 났다
고양이 발톱을 깎았다
밀린 메시지에 모두 답장했다
모바일 게임을 시작했다
새벽까지 하고서 어플 삭제했다
밥 먹고 싶어서 친구를 초대했다
손톱 뜯고 싶은 걸 참았다
가중담요라는 단어를 배웠다
눈길 걷다가 넘어졌다
입 벌리고 펑펑 울었다
보라싸리 화분에 새잎이 났다
고구마를 맛있게 구웠다
후숙된 귤이 달았다
며칠간 같은 옷을 입었다

속이 엉망이었다
침대를 옮기려다 무거워서 그만뒀다
핸드폰이 오늘 하루 21걸음 걸었다고 알려줬다
쌀을 불려뒀다 잊어버렸다
분리수거장에서 찬물로 손을 씻었다
핸드크림을 손끝까지 발랐다
고양이 꼬리에도 크림을 발라줬다
옆 아파트 군데군데 켜진 불빛을 세어봤다
수건을 삶아 빨았다
가습기를 꺼냈다
안성 평택 오산 수원 시흥 광명 서울로 가는 동안
점점 색이 진해지는 하늘을 봤다
천연 수세미로 만들었다는 비누받침대를 샀다
복권도 샀다
집에 돌아가는 길에 가로등이 켜지는 순간을 봤다
나뭇가지를 뱀으로 착각했다
식은땀을 흘렸다
길고양이 물그릇 밑에 핫팩 깔아뒀다
라이터를 버렸다
사진을 많이 찍었다
집 안에서 손수건을 목에 둘렀다
점심에 무얼 먹었는지 기억나지 않았다
해가 뜨고서야 잠에 들었다
추수 끝난 논 위에 떼지어 앉아 있는 까치를 봤다

호수를 한 바퀴 뛰다 걷다 했다
심장이 목에서 뛰는 것 같았다
정말 크게 노래했다
체념했다
단 한 줄 썼다
얕은 강물에 박힌 벽돌을 봤다
다리 밑에서 물의 그림자를 본다 불같은
시가 나를 그렇게 만들었다

이새해

사람이 싫어지면

텐트를 치고 산책을 했다.
녹슨 주유기에서 휘발유 냄새가 났다.
지나가던 누군가가 말을 걸어도
말없이 왔던 곳을 가리켰다.

찰리는 찬배와 나타났다. 그는 나의 모국어로 인사를 했
다. 활짝 웃는 찰리의 건치가 마음에 들었지만 나는 모르는 사
람 만나는 일에 지쳐 있었다. 나긋한 찬배의 얼굴 앞에 앉아서
그저 쉬고 싶었다. 다 아는 이야기나 나눠가면서.

찰리가 주먹을 쥐었다가 펴면 동전이 사라졌다. 동전은
다시 나타나지 않았다. 나는 수집해온 동전들을 꺼내 찰리의
손바닥에 올려놓았다. 그것들이 찰리의 손에서 하나씩 사라지
는 순간에 빠져들었다.

여기가 마젤란 해협이야.
차를 세우며 찬배가 말했다.
오늘은 마젤란에서 자자.
찰리가 말했다.

찬배가 피운 불에서 연기가 솟고, 나는 맥주병을 두 손으

로 모아쥐고, 솟구치는 불꽃들과 발그림자, 그을음 너머에서 옛날이야기를 들려주는 찰리 얼굴, 검은 숲 검은 해협 검은 파도 소리 속에서, 집게로 하나둘 감자를 빼내는 찬배의 어깨에 기댄 채로 나는

　　찰리가 너무 좋다고,
　　너를 사랑하고 있다고
　　맥주병을 내밀며 외국어로 말했다.
　　비틀거리는 나를 찰리가 일으켜 세울 때까지.

　　하지만 찬배야,
　　나는 찰리가 지겨워. 오즈 앞에서도 오즈의 모국어로 인사를 건네고 내가 본 마술들을 똑같이 보여주고 액션캠이 멋지다고 말하는 오즈에게 자기 장례식에 오면 이 영상들을 보게 될 거라 대답하는 저 패턴을
　　너는 몇 번이나 봤던 걸까.

　　칠 년을 떠돌면서 일했고, 이제 다시 일을 시작해야 해서 겁이 난다고 말하는 오즈가 나는 궁금했지만
　　찰리는 낯선 사람을 몰고 다녔다.
　　찬배와 오즈는 찰리와 헤어지지 않았다.

　　밤에는 혼잣말을 했다. 바위 위에 드러누워 찬 공기를 들이마셨고 커지는 내 숨소리를 들었다. 눈 뜨면 살아 있을까. 한

사람은 남아 있겠지.

　한번 생긴 표정은 다시 나타났다. 꿈속에서 나는 나에게
도 비난받았다. 내 울음소리가 멈출 때까지 기다렸다가 식빵을
굽고 텐트를 걷었다. 거대한 산맥 너머로 매일 해가 졌다. 나는
핸들을 놓지 않았다.

땅에 사탕을 심으면

*

할머니는 코를 골다가도 일어나서
나를 데리고 간다

차가운 철문을 열면
두 개의 나무 문이
왼쪽과 오른쪽
할머니는 성큼성큼 걸어가
신발을 신발장에 올려놓는다

나는 마룻바닥 위에 누워 할머니,
방석은 푹신하다
공기는 시원하다
할머니가 몸을 들썩이며 성가를 부른다
마룻바닥이 삐걱거린다

검붉은 대야 속에 물이 가득 담겨 있다
내가 담겨 있다
죽은 친할머니가 입으로 물소리를 낸다
머리 위로 더운물을 붓고
뒷덜미에 묻은 거품을 닦는다

참개구리를 떼어낸다
던져버린다

*

사람은 죽습니다
앞사람이 먼저 관으로 들어가고
망치로 관뚜껑 두드리는 소리 들린다
나는 순서를 기다린다
음란한 생각을 품은 적 있습니까?
관뚜껑의 검은 페인트 냄새
싱그러운 밤공기 속 소나무 냄새
누군가 귓가에 속삭인다

속지 마
네가 관 밖으로 다시 기어나올 때까지
수련회가 끝날 때까지
너도 속지 마

장의자 하나에 다섯 명이 앉을 수 있었다
한번 앉으면 빠져나갈 수 없었다
깨끗해질 기회를 받을 때까지
그것을 가르쳐준 설교자가 범죄를 저지르고
눈물로 용서를 구할 때까지

*

일어나는 물결과 다가오는 물결 위에서 바가지가 출렁인
다

욕조에 잠긴 두 팔이 너울거린다
곳곳에서 물방울이 흘러내린다
다른 물방울들의 도움으로 끝까지 흘러내린다
곳곳에 나방파리가 앉아 있다
젖은 팔등 위에
연옥색 환풍기 위에 가만히 있다

*

부드럽게 떨어지는
흰 수사복을 입은 수사들이
나란히 앉아 있다
스테인드글라스를 투과한 푸른빛이
그 모두의 등을 비추고 있다
천장에서 바닥까지 드리운 검붉은 휘장들
작은 촛불들이 타오른다
돌림노래가 반복되고
나는 속고 싶다
수사 하나가 왼쪽으로 쓰러진다
머리가 바닥에 부딪힌다
첫 소절로 되돌아간다

바닥에는 솔잎이 수북하다
사람들은 보자기를 하나씩 안고 있다
양초에 불을 붙이고 보자기를 푼다
닭이 머리를 내밀면
그들은 닭의 목을 꺾는다
콜라를 들이켜고
트림하고
엎드리며 머리를 조아린다
나는 예배당을 빠져나온다

할머니가 방언으로 기도하는 소리
내 등을 두드리는 소리
저녁 해변으로 물 들어오는 소리
같이 빠져 죽자는 할아버지 손을 뿌리치며
이제 와 죽으려면 혼자 죽어!

할머니가 얕은 물을 찰박이며 걸어나온다
발에 감긴 미역을 떼어낸다

광장을 벗어나도
누군가 걸으면서 중얼거린다

*

한참이나 욕실을 자랑하던 집주인에게

당신의 집을 사랑하게 되었다고 대답해주었다
연보라색 타일 벽에 물그림자가 일렁거린다
창문을 열어젖혀도 사람이 없다
이것을 보려고 이곳을 빌렸다

반영

　좋은 사람 같아. 여러 번 이렇게 말했지. 선생님은 느린 나를 다그치지 않았고, 그게 가장 좋았다. 공방에 둘이 있으면 꼭 먹을 걸 내줬어. 오후마다 공방으로 들어오는 빛깔들과 선생님이 알고 있는 공간들에 대해, 그곳 주인들의 분위기와, 그들의 좋은 얼굴에 대해, 자기 삶을 선택하며 사는 사람들의 눈빛에 대해 이야기해줬지. 나는 죽어 있는 사람 같아. 선생님 말에 대답하지 못할 때마다. 자신을 걸어본 적 없고, 나를 다 써보지도 못한 채 늙어갈 것 같아. 선생님이 보여주는 사진 속 수예점은 언제 봐도 예쁘다. 선반 위에 놓인 털실들도. 거기서 바라본 남산타워도. 세상엔 왜 이렇게 예쁜 게 많을까. 그 수예점 주인이 정말 특별한 사람이라고 했어. 누구도 흉내 낼 수 없는 정서를 갖고 있다고. 그걸 쉽게 드러내려 하지 않는다고. 듣고 있으면 나도 그 사람을 좋아하게 돼. 오늘도 선생님이 건넨 차를 마셨어. 공방 구석에는 나무토막들이 쌓여 있었어. 그쪽 말하는 거 듣고 있으면 여전히 갇혀 있어요. 겁먹은 게 보여요. 다음에 하실 작품은 뭔가요. 나는 물어보았다. 그만두겠다는 말 언제 꺼내지, 생각하면서. 선생님은 나 같은 사람이 가장 위험하다고 했어. 나 같은 사람이란 뭘까. 그건 묻지 않았어. 그냥 외로워하기로 했어. 더는 휘둘리지 않겠다고 생각하면서. 위험하다는 건 어떤 건가요. 켜던 톱을 손에 든 채로. 내 얼굴을 비춰보면서.

날 갈기

얼굴이 비칠 정도로
갈아두는 것이 좋아요

물 한 움큼을 떠서 숫돌 위에 붓는다
젖은 숫돌 위에 날을 올리고
허리를 숙이면서 간다

손가락이 위로 꺾이도록
손톱 끝이 하얘지도록
힘을 주어 민다

이 날로
내 손목을 긋지는 않고
인간의 얼굴을 찌르지도 않고

나와 마주 보며 날을 가는 그에게
할 말이 있다
내가 이곳의 주인은 아니므로
그의 말을 듣기로 한다

오늘은 손을 베었다

날이 지나간 자리에 핏방울이 맺혔다
그는 구급함에서 밴드를 꺼내
내 손가락에 붙여주었다

급하게 날을 다루다가
손가락이 잘려나간 사람들 이야기를
들려주었다

계속 그에게서 배우면
손가락은 지킬 수 있을 것 같다
그가 내게 설명하는 인생도
가능할 것 같다

갈기를 멈추고 수건에 손을 닦는다
쇳물 낀 손가락을 날 끝으로 긁으며
지문의 굴곡들을 하나하나 느낀다

소현

위다웃

내게 남은 것이 있다면 그것을 모두 말하고 싶다 모든 것이 조금씩 바뀌면서 반복되고 있다 바다는 크림색으로 물들어가고 공기는 밤의 표정으로 바뀌어간다

청보리가 노랗게 익어가고 있다
죽은 사람들의 묘지가 있다

청보리가 바람에 흔들릴 때 영혼들에게 목례를 할 때 알 수 없는 것들 사이를 걸을 때

버려진 신발 한 켤레와
꽂혀 있는 칼 한 자루

매일의 바다를 스쳐지나간다 잃어버리고 있는 것이 무엇인지 모르는 채로 마주볼 용기 없이 오늘이 내일로 밀려가고 더는 아무 일도 벌어지지 않는데 벗어나려고 한다 살아있지만

살려달라고 말하고 싶다

물 잔을 흔들어 물의 파동을 본다 잠든 척하는 것들의 숨소리를 가만히 듣다가

찬장에서 접시를 꺼내어
하나씩 놓치기 시작한다

내가 다시

비행기가 이륙한다
힘차게 달리다가
지면에서
떨어지는 순간
눈을 감고
식탁에 앉아
와인과 치킨을 먹는다
취하기엔 부족한 와인
손이 가지 않는 치킨
소현아 너를 믿는 사람들을 믿고
네 자신을 믿거라
나도 믿고 싶었다
다시 한 번 눈을 감고
여름이면 다이빙을 하며 놀던
절벽으로 간다
해가 쨍쨍해서 눈이 부신다
절벽 아래에선 사람들이
낚싯대를 던지고
물속의 물고기를 보면서
둥둥 떠 있다
그 모든 것을 보다가

절벽 아래로 몸을 던진다
나는 고장이 난다
눈을 뜨고
그만 하고 싶어요
말하자
비행기 안에서
감고 있는 눈 밑으로
두 뺨 위로
마스크가 다 젖어버린다
양옆을 본다
모두 잠들어있다
눈을 감을 때
누군가 내 눈 위로
휴지를 올려놓는다
눈앞이 보이지 않는다
내가 다시
텅 빈 식탁에 앉아
사람의 마음을 지운다

나는 매일 걷는다

3번 트랙은 내 고정 트랙이다
트랙을 감싸고 있는 의자의 색은
주황색 초록색 파란색이다
매일 파란색 의자에 앉아있는 아저씨가 있다
저 사람을 코치님이라고 부르기로 했다
맨날 보니까
코치님은 매일 똑같은 파란색 옷을 입고 의자에 앉아
누군가와 통화를 한다
걷는 사람과 뛰는 사람을 보고 있을지도 모른다
코치님 앞에 멈춰 신발끈을 천천히 묶어본다
방언이 심해서 알아들을 수가 없다
나는 갑자기 뛰기도 한다
더는 뛸 수 없을 때까지 뛴 다음
숨을 헐떡이며
살아 있다고 느낀다
바람을 돌파하며 앞으로 나아간다
아쉬워서 한 바퀴를 더 걷다가 코웃음을 친다
집에 와서 땀에 젖은 옷을 벗고
씻고 침대에 누웠을 때
침구의 보드라운 느낌을 느낄 때 그 속이 안전하다고 느
낄 때

이불을 발로 차버린다
검은 옷을 입은 남자가 잔디에 캠핑 의자를 펴고 앉아
전광판에 있는 디지털 시계를 보고 있다
1분 1초가 바뀌는 것을 본다
코치님이다
안대를 벗으니 감은 눈 속이 환해진다
지독한 빛이다
다이어트 도시락을 먹고
플라스틱 숟가락을 버리려다 말고 구부렸다
안 부러지려고 애를 쓰더니
탁 소리를 내며 두 동강이 났다
리히터의 쇼팽
다시 한 번 듣다가 끈다
매일 하는 무섭고 칙칙한 상상
나는 안다

내게 강 같은 평화

큰 소리로 대화 나누는 사람들에게 내게 없는 평화가 있다. 드르륵 의자 끄는 소리가 들리고 그것은 나의 소리가 아니다. 평화롭고 싶은 나를 흐트러지는 글씨도 방해한다. 나는 갑자기 뚝 끊긴다. 떠드는 사람의 입을 지그시, 지그시 쳐다보고 싶다. 하지만 고개를 돌리지 않는다. 그건 내 방식이 아니다. 나는 망가지는 글씨와 함께 망가지고 있다. 나는 이따위 것, 하고 생각한다. 나의 입은 견고하게 닫혀 있다. 나는 집에 가고 싶지만, 여기에 있고 싶다. 흐르는 물소리를 견딜 수 없다. 전부 다 견딜 수 없다. 왜 집에 가지 않는 걸까. 나는 곧 아플 것 같다. 하지만 나는 움직인다. 펜과 함께 앞으로 나아간다. 여기서, 이 부분에서 나는 후련해진다. 멈추지 마라. 내가 내게 말하고 펜은 잉크를 쏟아낸다. 조금씩 그어지는 방식으로. 여기저기서 들려오는 말소리와 내가 하나가 되고. 빠르게 글씨를 쓰고. 끊임없이. 나는 이 목소리를 뚫고. 나는 저 목소리를 뚫고. 기타 소리를 뚫고. 피아노 소리도 뚫고. 쉬고 있던 왼손으로 이마를 짚고. 한숨 소리를 넘어서. 헤헤헤 웃는 소리를 찢고서. 드르륵 움직이는 의자를 짓밟고서. 앞으로 가고 싶다는 욕망과 함께 옆으로 옆으로. 밑으로 밑으로. 내가 잠시 창밖을 볼 때. 음악은 끝나고 시작된다. 한 쪽 더 쓰라면 나는 쓴다. 한 쪽 더 쓰라는 목소리는 나의 것이고, 한쪽 더 쓰겠다는 목소리는 나의 것이다. 제목을 붙이고. 다시 한번 창밖을 보고. 등을 펼

때 우두둑 소리가 나고. 찰랑거리는 얼음 소리. 사그라드는 음악 소리. 알아볼 수 없는 나의 글씨. 흩어지는 정신. 깨져버린 집중. 담배 피우고 싶은 욕구 지우고서. 바깥바람 쐬고 싶은 마음 지우고서. 이 소음. 소음들에서 벗어나려는 마음 지우고서. 나는 옆으로. 밑으로. 옆으로. 밑으로. 쏟아지듯이. 잉크처럼. 코를 한 번 움켜쥐었다가. 더 할 수 있을까. 그런 거 상관하지 않고서. 물소리. 집기 소리. 사실은 다 끝났다는 거 알면서. 주절거리기. 주절거리기. 종이 낭비하기. 잉크 낭비하기. 소리 지르고. 바깥으로 뛰쳐나가고 싶은 마음 꿀꺽 삼키고서. 마음 지우고서. 내가 쓰는 모든 것은 시. 내가 쓰는 모든 것은 시가 된다고 생각하면서. 이대로 끝낼 수는 없다고 생각하면서.

김나율

싫음

버지니아 울프를 읽던 늙은 교수가 말했다 이런 시를 쓰
는 여자랑은 연애만 하세요 결혼하면 안 됩니다 교수가 웃었고
교수가 웃으면 꼭 따라 웃는 사람 그도 웃었다 침을 튀겨가며
웃었다 세상엔 성실한 사람이 이렇게나 많다 교수는 웃음을 멈
추지 않았다

집으로 돌아와 머그컵에 물을 따라 전자레인지 안에 넣는
다 전자레인지 사용 가능한 컵이라고 했는데 꺼내 보니 금이
가 있다

뜨거워진 도자기 컵을 만지며
터지지 않아서
더한 일이 일어나지 않아서 다행이라고 생각하다가
누가 웃으면 꼭 웃게 되지 나도 알아 그렇지만

이젠 더 말하기 어려울 것 같아
그렇게 말하며 울던 친구의 얼굴
걔는 여자가 없으면 시를 못 쓴대? 내가 말해도 계속 울기
만 하고
내 이야기 왜 써 왜 그렇게 써
부어 빨개진 눈과 웃는 눈을 같이 생각한다

나는 그런 일을 참 잘하지 문상하러 가서도 웃어버린 적
이 있지

울프 죽은 사람 다행이면 안 될 것 같은 기분 이제 더는 시
안 쓰는 시인 더러워서 못 쓰는 시인 책 밖의 인물 책 속으로
들어간 인물 커밍아웃했더니 고쳐준다고 했던 사람 나랑 자려
고 했던 남자 선배 그 선배는 등단을 했대 알라딘 중고 서점에
되팔지도 못하는 시집들 누군가 허리에 손을 얹어도 웃던 나
동시에 다 떠올린다

나는 다 떠올릴 수 있는데 너네는?
금이 간 컵을 재활용품 수거함에 넣는다 웃지 않고 있다

웃으세요

소풍날
보물찾기를 한다는 이야기를 듣고
모종삽을 사 갔는데

오후의 햇빛과 흙먼지
갇힌 동물의 똥 냄새가 가득한 공원에서

반 친구들은 모두 노란색 종이를 한 손에 들고 다녔다

내가 찾는 건
빨간 X자가 그려진 보물 지도
금화와 왕관
사파이어가 칼자루에 박혀 있는 나이프
오래된 해골과 루비와……
그걸 지키는 독사 한 마리

큰 돌멩이를 들춰보던 사람들이
구덩이를 파고 있던 내게 말했다
그런 건 없어
그런 건 없는데

사진 속
문구 세트를 든 친구들과
모종삽을 든 나
모두 웃고 있었다

집으로 돌아가던 길
녹아 끈적해진 초콜릿과 빨간 모종삽을
쓰레기통에 던져넣었다 그때

건너편 길목에서
흙투성이가 된 여자애가
나를 부르고 있었던 것 같다

왜 웃고 있어?
내가 물어도 대답하지 않았고

그 애는
허리를 숙여
쓰레기통을 뒤적였다
오랫동안 그랬다

손에 묻은 초콜릿을 바지에 닦아내는 동안
그 애는 내가 버린 것들만 골라내
시라고 불렀다

징조

　징은 바다를 보러 가겠다 했고 조는 우산을 챙겨야겠네
했다
　징이 출발하자 조가 따라왔다

　바다가 보이지 않을 때부터 징은 바다 냄새가 난다 외쳤
고 조는 발바닥이 뜨거웠다 고개를 들면 더운 바람이 불었다
아스팔트 위로 피어오르는 아지랑이 선글라스를 쓴 리트리버
서핑을 하는 무리 방파제에 붙은 따개비를 차례로 지나쳐 징과
조는 해변가 카페에 도착했다
　징이 조의 손을 잡자 카페 안의 사람들이 그들을 쳐다봤
다 모두 숨을 죽이고 있을 때 누군가 와르르 동전 쏟는 소리 조
는 탄산수 한 병을 시켰고 징은 아무것도 주문하지 않았다 빈
혈만 아니면 네 뚜껑을 모두 따줄 수 있을 텐데 징이 말했지만
조는 팔 힘이 셌다 둘은 결국 손을 놓았다 얼음이 든 유리잔 안
으로 꼴꼴 흐르는 탄산수 옆 테이블에 앉은 남자가 잔을 깨뜨
렸다 바다가 내려다보이는 유리창에 흰 갈매기 한 마리가 날아
와 부딪혔다 부딪혔다가 떨어졌다 죽은 걸까? 징이 물었고 조
는 테이블에 머리를 박기 시작했다 카페를 나서며 먹구름이 몰
려드는 것을 조는 보았고 징은 보지 못했다 누워 있던 갈매기
가 다시 날았다

아주 뜨거운 모래로 무덤을 지어야겠어 카페를 나서며 징이 말했고 조는 아이들이 던진 비치볼을 집어들고 도망가고 싶었다 뒤쫓는 함성 소리 달려가는 조의 흰색 수영복에 흰 피가 묻었다 해변에는 식은 모래 죽은 조개 누군가 잊고 간 타월과 물안경 파도가 밀려왔다가 가래침처럼 거품을 내며 부서졌다 흰 피가 조의 하반신을 거의 다 덮었을 때

징은 비가 오겠다 했고 조는 해가 지겠다 했다 모래찜질을 하는 사람들의 머리와 발목들이 어둠 속으로 사라졌다 빨간 티셔츠를 입은 안전요원이 징과 조의 앞에 출입 금지 푯말을 세웠다 징은 이래선 다 틀렸다고 생각했고 조는 해변에 떨어진 큰 타월들이 펄럭이며 날아가는 것을 보았다

비 내리는 모래사장과 바다는 반으로 접은 종이만큼만 나누어져 있었다 둘은 오래오래 걸었다 산책하는 사람들이 보이지 않는 곳까지 잠복기라는 말을 이해하게 될 때까지 걸었다 걷다가 지치면 발에 묻은 모래를 털어냈다 눈이 사라지면 흰빛만 보이는구나 징이 말했고 조는 묵묵히 걸었다 발이 닳아 없어질 때까지 걸어도 발자국은 남았다 징은 사라진 팔로 우산을 펼쳐 들었고 조는 징의 손을 잡았다 해변이 끝나지 않았다

Still Life

밤에 깨어나 오렌지를 깎습니다
캄캄해서 불을 켜고 싶었습니다만

선물 받은 오렌지입니다
오렌지를 준 사람은 돌아갔습니다

오렌지를 좋아하는 사람들은
모두 특별한 사랑을 할 것 같고
현명한 부모가 될 것 같습니다
날씨 중에서 맑은 날을 가장 좋아할 것 같고

아름다운 사람일 것 같습니다

그렇지만
누군가 그가 어떤 사람인지 내게 물어본다면
해줄 수 있는 말이 별로 없습니다

어떤 마음은
눈도 비도 오지 않는 밤의 창문처럼
그림자를 빛으로 착각해 태어난다고 하는데

그는 우선 잘 웃는 사람입니다 그리고…….

오렌지 껍질을
손으로 벗기나
칼로 벗기나

사실 오렌지의 입장에선 같은 일

하나의 사물이 둘로 쪼개지는 것을 기대하며
식탁 앞으로 가는 사람들입니다

소매를 걷고
칼날 아래에 차가운 오렌지를 가져다 대자
순간
환해지는 손톱

두 손이 흠뻑 젖고
손목을 타고 과즙이 흐르는 동안
과육을 받쳐놓을 그릇 하나 찾지 못했지만

아, 맛없다
오렌지 한 조각을 맨손으로 집어먹으며 생각합니다

손을 씻으면 여전히 어둡습니다

박규현

세답장

손세탁을 하라고 적혀 있어
모르는 척 하지 않고

그렇게 한다 이것은 누구의 셔츠였더라? 그렇게 무르는
관계도 있는 거라고 그렇게 감도는 사이도 그렇게

얼룩마다
비눗물을 칠한다
옷감이 상하지 않는 일이

중요했다 손가락 끝에 스치는 면의 질감은 때로 부드러웠
고 때로는 어색해 이따금 멀미가 쏟아질 것도 같았으나

망가지면 안 돼
누군가 말하는 소리에 깼는데

일어나고 나면 누워 있던 자리가 서늘했다
같이 있었잖아 그런데
이마를 짚어주는 건

나뿐이어서

마음을 나눈다는 게
남아 있는 자국이라는 게

귀해지는 순간이 있다
진심을 몰아붙이다

쏟아버렸다
대야에 받아 놓았던 물

세탁은 미지근한 물로 해야 한다
이것은 아는 사실이다

의문스러워
또 의심할 수밖에 없으나

사람을 대하는 일을 게을리 하고 있었다
사랑한다고 말하게 될 때까지

죄밑

나선형 계단을 오르기로 한다 눈을 가리고 오로지 오르는
것만 하기로

그러므로
80년대를 체험하고 있다 몇 층에 갇히는지 알 수 없도록
이런 형태의 건물 구조를 갖게 되었다는 설명을 들으며

여전히 오르는 중이다
도착하면
고문실이 나올 것이다 이곳에서 한때 정말 사람이 죽기도
했다는 게

느껴져?
전시되어 있는 폐를 본 적 있다 건강한 것과 건강하지 않
은 것이

진열되어 있었다
유골함이
가득했다 모두 다 인간이었다니

어지러운 것도 같다 나선형 계단을 오르고 있으니까 삐걱

거리고 있어서 다른 나라인 것도 같다

이방인이고 싶다 잠깐
머물다 떠나면 된다는 거

두 눈 뜨자
멀미가 밀려온다 누군가 나를 부축한다 기시감이 든다 두
발 짐승으로부터 얼굴이 납빛으로 변한다

증열

잡은 손을 뿌리친다.
덥다고

말했잖아,
여름이라니까 나도

알고 있는 사실이다. 체감온도는 사람을 껴안고 다니는
것처럼 높아져 있고 그래서 우리는 불쾌하고 매미는 들끓는 중
이라서

나 사랑하지
좋아해
그 다음에

배 한 척
뭍으로 끌어 올려진다. 나란히 선 채 그 장면 지켜봄 사이에

빗방울 하나가 떨어진다. 처음에는 이마에 이후로는 쏟아
지겠지. 우리는 머리부터 발끝까지 젖어버리겠지 떨어지면 어
쩌지 나의 물기에 네가 지쳐

도망가게 된다면

그물망을 열어 본 이의 눈빛은 흔들릴지도 모른다. 조용히
네 손바닥에 내 손바닥을 맞댄다. 축축해

싫어?
끝까지 싫어할 때 남게 되는

파도가 있다. 밀려오고
가는 우리가 있다.

비 오는 해변을 만끽하자면 곧 화창해져
맨살에 달라붙는 티셔츠를 견뎌내야 해. 그런 순서를

지긋지긋하도록
모르지 않는다.
먹구름 지나가는 순간까지

기댈 곳이 있었음 해
손깍지를 낀다.

오도카니
남아 있는 건 나여야 한다.

폭우 한 가운데 머물러 있는 사람들.

멀찍이서 보자

그만한 황홀경이 없었다.

차호지

사랑하는 사람

그는 나를 세상에서 가장 사랑하는 사람이었다 그는 그것을 증명하기 위해 불길을 걸을 수도 있다고 말했다 말은 믿을 수가 없어 내가 그렇게 말하자 그는 늦가을 밑동만 남은 수수밭에 불을 지르고 그 위를 걸었다 그는 그 때문에 그곳에 갇혔으나 내게 마음의 짐을 갖지 말라고 말했다 그건 내 잘못이 아니었다 그는 매일 내게 편지를 보내고 나는 그 편지를 되돌려주는 방식으로 그에 관여했다 그와 내가 테이블 하나를 사이에 두고 서로를 마주보고 있었을 때 나는 울고 있었다 너는 나의 친구도 가족도 아니다 나와 그런 것이 되고 싶으냐 묻자 그는 고개를 가로저었다 너와 상관없는 사람으로 있을 것이다 나는 그게 무슨 의미인지 모르겠다고 말했다 그는 대답하지 않고 나에게 사랑한다고 속삭였다 그게 진짜 사랑은 아닌 것 같다고 말하자 그는 이미 증명을 끝마친 수학자의 얼굴로 나에게 편지를 건넸다 그는 나의 울음이 멈출 때까지 잔을 들어 커피를 한 모금 마시고 테이블 위에 놓고 다시 잔을 들고 커피를 마시고 잔을 놓고 잔이 빌 때까지 계속했다 그는 내가 울면서 하는 말을 주의 깊게 듣지 않았고 편지가 젖거나 구겨지거나 찢어지면 새로운 편지를 건넸다 자리에서 일어서자 앉은키의 그가 나의 배꼽 부근에서 나를 사랑한다고 말했다 돌아가는 길, 문밖에 선 내 이름을 부르며 그는 열리지도 닫히지도 않고 있는 자동문 유리에 어깨를 부딪치고 있었다 나는 그곳으로부터 걸어

나왔다 오르막길을 오르다 뒤를 돌았고 작아진 건물에 끼인 채 손을 흔드는 그의 모습이 책상 위 모형처럼 보였다 그는 뭔가 말하고 있었다 그건 나를 사랑한다는 말일 거였다 그는 언제나 그곳에 있다 나는 양손을 주머니에 넣었다 나도 모르게 그가 넣어둔 편지가 주머니마다 들어 있었다 버스를 타기 위해서는 한참을 걸어야 했다

그 시절

나는 하루라도 빨리 도착해야 했다. 다른 사람이 쓰기 전에. 계속해 손님을 맞는 방의 입장에서 방이 방으로 쓰일 수 없어 방으로 불릴 수 없을 정도로 오랜 시간이 지난 후에 뒤돌아 방을 생각해보았을 때 그 방은 그나마 새로운 방일 것이었고 나는 그렇게라도 새로운 방에 있고 싶었다. 새로운 방에서는 새 냄새가 났다. 얼룩과 곰팡이가 없었고 틈새에 먼지가 떨어져 있지도 침구에서 머리카락이 발견될 리도 없었다. 모든 가구에 날이 서 있었다. 그렇게 도착한 그 방을 처음으로 사용하는 사람은 나였다. 지친 나는 침대 위에 누웠다. 옆으로 돌아 누웠을 때 사람 얼굴 모양으로 베개의 주름진 자국을 발견하고 소스라치게 놀란 나는 비명을 지르며 문을 열고 뛰쳐나왔다.

바퀴의 왕

예를 들면 빛이 없는 방이 있다 그곳에 바퀴의 왕을 가두고 바퀴의 왕은 아무것도 먹지 못해 부스러기도 먹지 못해 왕이라고 하기에는 너무나 불행한 상태에 있는데 바퀴의 왕을 왕으로 만든 것은 바퀴의 왕이 어느 구멍이나 들고 날 수 있기 때문이었지만 바퀴의 왕이 갇힌 방은 완벽한 사각의 방이었으므로 바퀴의 왕은 어느 곳으로도 나갈 수 없다

바퀴의 왕을 구하기 위해 바퀴들이 투쟁을 시작하고 그들은 보이지 않는 구멍으로부터 출몰해 나를 괴롭히고 있다? 나는 빵을 떼어내 바닥에 뿌렸던 그레텔처럼 위와 같은 예시를 바닥에 조금씩 떼어내 그들을 유인하는데 그레텔은 마녀의 굴속으로 들어가고 있다는 사실을 실은 알고 있었을 것이다 그레텔을 잡아먹으려는 마녀와 그 마녀를 솥으로 들어가게 만든 그레텔은 같은 사람이다

밤에도 어디선가 빛은 들어온다 창문이 완전히 없는 방은 좀처럼 없고 창문 너머 천장 모서리에서 그림자는 변형한다 움직이고 움직이는 것들이 움직이고 있으면 왜 저건 움직이고 있을까 스슷스 움직이는 검은 것을 꼭 바퀴라고 할 순 없어 생각하고 생각하고 싶지 않고 생각을 하거나 생각하지 않는 것에 대해 생각하는 것을 생각하거나 생각하지 않으려 하다 보면 각

자가 각자를 생각하려 들고 이것이 우리의 바퀴들이 노리고 있는 것인데 왜냐하면

    모두가 적이며 나와 연대하는 것들은 바퀴의 왕을 구하려는 바퀴들인 것, 이를 떼어내어 바닥에 뿌리면 그로 인해 번성한 바퀴들이 쉼표와 쉼표 사이에 숨어 목표로 하고 있는 것이다 무엇을? 나는 빵 조각을 발치에 두기 위해 먼 길을 달려온 바퀴를 밟아 죽이고 있다 터진 바퀴의 머리 위 빵 조각을 하나하나 주워모으며 그것을 다시 뭉쳐놓는다 그리고 가능한 한 바닥으로 바닥으로 묻는다 그것은 모든 바퀴들의 도움 없이는 불가능하다

    이런 상황에서도 바퀴의 왕은 왜 스스로 굶어죽지 않는가?

    바퀴의 왕은 왜 스스로 벽에 머리를 부딪쳐 죽지 않는가?

구지원

공사

장비는 항상 가지고 다닙니다
파이프 밑으로 다른 파이프들이 지나가고, 각각의 수도관
은 촘촘하고 불규칙하게

벌레의 눈처럼 검고 빛나는 손으로 만져지는
버릇 같은 마음
어떤 소리도 나지 않는 무서움

나는 이 이야기를 열한 명에게 했고
어떤 말이든 듣고 싶다

파이프 소화 불량
파이프는 다음 파이프로
파이프를 파는 곳 파이프만 파는 곳
아무도 들어본 적 없는 파이프의 깊은 구멍이
어쩌면 아무것도 없을 것 같아서

페이지를 넘기면 뒷장엔 틀린 문제와 맞는 문제가 뒤섞여
있다. 때로는 큰 소리로, 후련한 마음이 들 때, 어떤 말을 하지
않는 것이 배려처럼 느껴질 때, 벽에서 움직이는 것을 봤다, 저
는 도전해보고 싶은 마음이 듭니다.

그 밑으로 지나가는 무수한 선들에
빛을 비추면
숨어 있는 벌레들

가시가 박히는 과정을 똑똑히 쳐다보라고, 오른손으로 잡
아서, 이 짧은 작대기가, 부드럽게 덜컹일 때

조금 더 일찍 오지 그랬어요
할 만하다 할 만하다

오늘까지만 유효한 비밀번호래
길게 한 번에 붙이는 건 원래 어려운 거다

하늘색 슬리퍼를 가방에 챙긴다
일부러 그랬다
목 집어넣어라 제발

무어 부부

여기까지 와서 꼭 그래야겠어

같이 걷자

걷기 싫어

매트리스는 딱딱했고

무어는 벽에다 의자를 던졌고 의자 다리는 산산조각이 났다

무어는 프런트에 전화를 걸었다

가구 값은 변상하겠습니다

이런 여름에 가만히 있을 수가 없어

무어는 과일나무가 그려진 책을 무릎에 올렸다

천천히 발을 받침대 위에 올려놓았다

왜 계속 긁어

2층엔 문이 없어서 1층에서 하는 말소리가 잘 들렸다

바다에서 가장 많이 들은 단어는 무엇이더라

텅 빈 바다를 꿈꿨다

한 차에 다 실을 수 있겠어?

무어는 모래로 미끄럼길을 만들었다

무어는 뒤꿈치가 당겨 왔다

그런 기분으로 계속 살 수 있을까

팽팽해진 얼굴에서 땀이 떨어졌다

여름비는 맞아도 기분이 괜찮아

바다에서 한참 불렀어

뒤 좀 돌아보지 그래
무어는 구멍에 불을 비쳤다
무어는 구멍을 빠져나오는 게들을 따라갔다
나중에 배고플까 봐 그러는 거야
검은 연기 이거 괜찮은 거겠지?
어디까지 뻗어가는 건지 도통
깊어 너무 깊어서 알 수가 없어
자꾸 왜 나랑 게를 잡재
숨소리를 듣는 일
이 소리는 입으로 내는 소리
마지막 지퍼를 올린다
슬리퍼를 사야겠어 새하얗고 수건같이 부드러운
발을 감싸면 좋은 기분이 들지
휘파람처럼
순식간에 게들은 바다를 메웠다
그들은 신발을 손에 들고 걸었다
무어는 아무 말도 하지 않았다
무어도 아무 말도 하지 않았다
비가 다시 내리기 시작했다
무어 부부는 섬세하고 부드러운 귀를 가졌다
이 순간이 가장 설레는 부분이다

리틀팜

엄마 미라와 아기 머래는 작은 바구니를 들고 농장으로 들어갔다
탐색 시간 55분 레벨 3 스페셜 보너스로 피자를 드려요

나는 치즈부터 사고 싶어! 옥수수 3분 흰 장미 2시간 20분
농작물에는 각각의 시간이 필요합니다

여기는 예전에 말이 다니던 길이래요
할아버지가 할머니를 위해 돌을 하나씩 깎아서 만든 언덕길
미라는 이상하게 멈춰지지 않았다
풀 냄새 엉켜 있는 가지들 궁금해
정상에 오른다면 이것보다 더 멋진 풍경을 볼 수 있을 거야

미라는 자신의 등을 상상했다
몸에서 나온 소금으로 흰 점들이 박혀가는 검정 티셔츠
큰 리본을 구하자. 이왕이면 커다란 사파이어가 박혀 있는 게 좋겠어

기차가 곧 떠날 거예요
물품이 부족하면 친구와 교환하면 어때요?

미끼가 필요하다구
몰래 사탕 먹기 없기

나는 엄마가 생각하는 것보다 똑똑하다구요 머래는 양의 다리를 튼튼하게 세웠다 꼬리 없는 동물도 있나요? 곰은요? 그럼 곰 꼬리는요?

마을 상점에는 많은 사람들이 모여 있었다 판매가 완료되었습니다 깃발이랑 페인트는 워낙에 잘 팔려서요 설마 이대로 계속 내려가는 건 아니겠죠 머래는 불안하면 손을 계속 입에 넣었다 오늘은 나쁜 꿈을 꾸었어 고양이가 개울로 첨벙 들어가서 다시 찾을 수가 없었단 말이야 고양아 고양아 계속 불러도 바닥엔 구멍이 계속 늘어났어

울타리를 만들고 네 농장을 만들어 수수깡에 검정 핀이 들어 있잖아 호박으로 호박 수프를 만든다 역무원은 기차가 올 시간을 정기적으로 알려줬다 머래야 바구니를 잘 들고 있어 엄마 뒤에 경찰차가 쫓아오고 있어 이게 꼬리물기라구요? 제가 오늘 장사도 다 허탕치고 소시민한테 이러시면 곤란하다구요! 정말 도와줄 수 있겠어, 브라운?

지겨워
　계속 반복하는 일은 적성에 안 맞는 것 같아
　　　　　　　　　　　　　　조금만 기다려

한 울타리에 돼지는 세 마리, 닭은 다섯 마리 키울 수 있어요 너를 믿은 만큼의 반이라도 내게 잘해주었다면 이러지는 않았을 텐데 엄마 없을 때 할머니가 엄마는 할머니 없으면 아무것도 못 했을 거래

누적 스코어 보상입니다 도끼 세 개 이번엔 시간 맞춰서 잘 교환하자 나는 이익 따지지 않는 이 마을이 정말 좋아! 싸게 드릴게요 딸기 케이크 있어? 이걸 마시면 혈관이 맑아져서 좋아요 엄마도 어렸을 때 이런 거 했어요? 이거 왠지 재미있는걸

우리 손가락 걸고 약속해 당근 많이 주면 되잖아 진짜 오토바이처럼 몸을 기울이면서 커브를 돌다니 대만노점의 월병을 가져오면 특별히 좋은 처방을 내려드릴게요 미라는 왠지 더 똑똑해진 느낌이 들었다 우리는 언제든지 방향을 바꿀 수 있어

아기 머래는 상자를 뒤진다 상자에는 작은 물건들이 가득했다 머래는 티켓 한 장을 발견한다 머래는 배낭을 메고 기차역으로 떠난다 새로운 곳에 도착한다면 딱 맞는 스포츠웨어를 구입해야겠다고 결심한다 엄마 미라의 붕대가 풀린다 미라는 점점 흐려지고 있음을 느꼈다 미라는 열려 있는 상자를 발견한다 분명히 아무에게도 없는 쿠폰이 들어 있을 거야 미라는 몸을 욱여넣으며 상자 안으로 들어간다

"빨간 모자 왜 안 오지?"

늑대 할머니 브라운은 오늘따라 더 불안하다

이사를 할까 고민 중이에요 할머니 눈이 점점 더 침침해지셔서

거북이를 찾고 있어 여기서부터 저기까지 다 주세요

허니 토스트에 사용할 시럽이 다 떨어져서 오늘은 조기 종료합니다

아사날 농장주님이 준 옥수수빵으로 버텨야겠다

도와줘 브라운!

응, 여기

그래서 범인은 누구였던 거야? 늑대 할머니 브라운 집 지하에는 마을 입구로 이어지는 지하 통로가 길게 이어져 있었다. 그 누구도 미라와 머래의 앞날을 장담할 수 없었습니다. 계속 같은 배우가 분장하고 나왔던 거라니

그림이 그려져 있는 도시락

도모하고 있다
이런 건 물에 들어가면 생각난다던데
나는 지나치게 성큼성큼 걷는다

해를 그리잖아 안을 빨간색으로 칠하잖아 그게 다 똑같으
니까 장원 뽑는 게 어려운 거겠지, 나는 그 해를 보면서 연기를
조금씩 뿜고 있어

파도야, 하와이 피로연장을 덮어버릴 정도의 파도야
근처에 가지 않아도
소풍 온 것 같잖아

전화로 빨리 와달라더라, 그래도 넘실대는 건 어쩔 수 없
어, 모서리는 각진 게 좋을까 둥근 게 좋을까

소시지에 칼집 내서 다리가 퍼지는 걸 보고 있어, 방울토마
토는 어디든 들어가잖아, 다 깨져버리고 남은 얼음, 내가 앉을
때 너의 맞은편이면 좋겠다

어패가 있다
해바라기가 손에 딱 맞는다

아주 동그랗고, 아주 특별하고, 어쩔 수 없이
물고기 모양의 연을 쫓는다

손을 모으고 손가락을 펴는 게임을 하면서
토끼, 캥거루, 승냥이, 가장 빠르게 달리는 중
어서 잠들어라, 구석자리에서 편안하게

나는 가정교사였다, 나는 사진사였잖아, 돌잔치에서 밥 안
먹는 사람이 진짜 프로래, 장원 받는 사람 있잖아 그런 사람은
따로 있는 걸까, 여기가 끝이구나 그런 생각 들잖아, 긴 풀들이
잔인하다, 가을에는 가로눕겠지

고수부지는 토끼처럼 빠르게 흘러간다
이럴 줄 알고 체크무늬를 준비했지
최애라는 거 그런 거 한두 개만 있으면 든든해서
토요일에도 이 언덕길을 내려갔어, 손에 연을 들고 있는 것
처럼,

가방에서 덜그럭거려, 떠들썩하게 남은 토마토랑 양상추
랑 물이 생겨가지고는, 더 질주하자고 소리를 내고서는

그림이 움직인다
토끼가 캥거루가 된다

채집하고 있다 이 풍경을

분분이란 사람이랑 장원 받은 사람이랑 이마 번쩍이는 사
람이랑

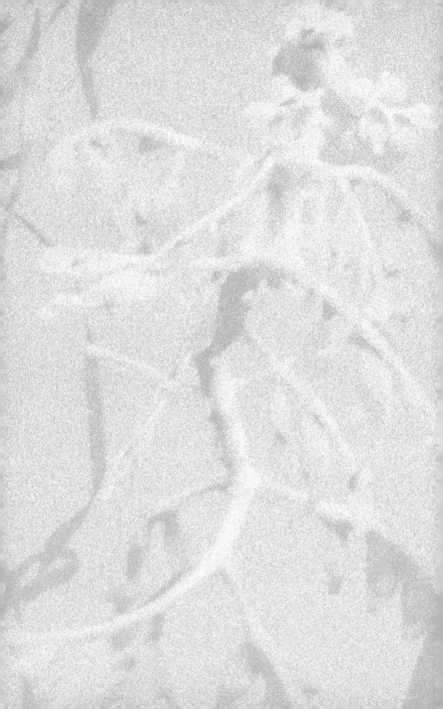

김윤리

뚝섬에서 태어났다. 〈유월 오후의 우유〉로 작품활동을 시작했다.

나혜

poetic flicker taker. 시적 깜빡임자. 독립문예지 〈베개 2호〉
에 「스지 의상실」, 「스지의 상실」을 발표. 영상 시 〈더 큰 숲〉
(유튜브 채널 'OKTO LEE', 2020, 10,15.)의 원작 시를 썼고,
'유월 오후의 우유' 세 번째 프로젝트 시집 〈ㅂㄷㅂㄷㅂㄷ〉(시
용, 2021)에 「반딧불대변동」을 발표했다.

이새해

내 시가 너무 좋다고 말하는 목소리를 상상한다. 아주 가끔 내
가 나 자신에게 들려주듯이.

소현

태어났고 매일 걸으며 살아있다.

김나율

독립문예지 〈아무 해도 끼치지 않는〉에 「유월 서울 프리즘」을
발표하며 활동을 시작했다. 그림책 〈고민이 자라는 밤〉, 〈원의
마을〉을 쓰고 그렸다.

박규현

앞으로도 계속 시를 쓰는 사람이고 싶다. 매일 그런 마음으로 쓰고 있다. 시집 〈모든 나는 사랑받는다〉가 있다.

차호지

싫다고 쓰지 않으면 아무것도 싫지 않으므로 아무것도 쓰고 싶지가 않다.

구지원

모자가 달린 겉옷과 네가 달아 준 댓글을 좋아한다. 「향연과 앙갚음」을 썼다.

해설

'싫음'의 감각이 가리키는 사각지대에서

- 여세실

우리는 같은 것을 좋아한다는 공통감각이 아닌, 같은 것을 싫어한다는 공통감각 속에서 연대감을 느끼기도 한다. 당신이 싫어하는 것이 내가 싫어하는 것과 같을 때, 하이파이브를 하고 '바로 그말이야. 그런 건 딱 질색이야!' 라고 말하며 명쾌하게 웃어 보일 수 있듯이. 여기 모인 여덟 명의 시인들이 만들어 보이는 '싫음'에 대한 뾰족한 사유는 우리가 이 세계 속에서 얼마나 다정한 '우리'로 엮일 수 있는지가 아니라, 각각의 싫음이 모여 우리가 얼마나 단단한 '각자'로 엮일 수 있는지에 대해 이야기한다.

우리는 어쩌면 같은 것을 좋아한다는 감각에서 기묘한 불쾌를 느끼고 있는지도 모른다. "같은 옷을 입고 같은 신발을 신고/ 같은 반지를 낀 사람이 나를 스쳐 지나간다// (중략) 한 사람만이 들어갈 수 있는 통로로 함께 들어간다"(「옆을 봐」) 김윤리 시인의 시에서처럼, 자신과 같은 옷을 입은 사람이 지나가는 것을 보았을 때 우리는 당혹감을 느낀다. 그 당혹감은 "한 사람만이 들어갈 수 있는 통로로 함께 들어가"는 일처럼 비좁고 멋쩍어지는 순간처럼 느껴진다. "어떤 창문에는 계속 다른 얼굴이 지나쳐 가고/ 너머에는 하나의 풍경만이 펼쳐지지만……"에서 알 수 있듯이 우리의 일상에는 판에 찍어 박힌 듯한 취향들이 난무한다. 그 너머의 풍경들에서 계속해 다른 얼굴들이 지나간다. 나는 그 얼굴들 중에서 어떤 얼굴을 사랑하게 될까, 혹은 어떤 얼굴은 나와 닮아 있고, 어떤 얼굴은 그렇지 않을까를 고심하게 된다. 그때, 지금 우리에게는 새로운 감각의 연대가 필요해 보인다, 한 사람만이 들어갈 수 있는 통로에 각자 알맞게 들어가는 방법. 그것은 서로의 '좋음'을 나누는 일이기보다 '싫음'에 대해 나누며 연대하는 일일 수 있다.

당신은 '그런 사람'의 '그런 태도'와 '그런 순간'이 오면 고개를 입을 다물어 버릴지 모른다. 혹은 '그런 사람'이 바로 나의 모습이라는 것에 고개를 가로저을 수도 있다. '그런 태도'가 나의 습관이라는 것이, 그것을 버릴 수도 없이 가지고 가야 한다는 것이 진저리 쳐질 때도 있을 것이다. 그때 이새해 시인의 화자는 「반영」의 시 구절처럼 단호하게 말한다. "그냥 외로워하기로 했어. 더는 휘둘리지 않겠다고 생각하면서." 이새해 시인이 보여 주는 세계 속에서 화자는 선생님의 다그침을 받고 있는 것처럼 보인다. 선생님이 보여 주는 세계를 보며 화자는 생각한다, "선생님이 보여 주는 사진 속 수예점은 언제 봐도 예쁘다." 그 단란하고 아름다워 보이는 세계 속에서 "그 수예점 주인이 정말 특별한 사람이라고 했어. 누구도 흉내 낼 수 없는 정서를 갖고 있다고." 라고 말하는 화자는 어딘가 위축되어 보인다. "그쪽 말하는 거 듣고 있으면 여전히 갇혀 있어요. 겁먹은 게 보여요." 라고 말하는 선생님 앞에서 화자는 아름다워 보이는 세계 속에서 소외를 경험하게 된다. 이때 이새해 시인의 화자는 외로움을 자처하면서 앞으로 나아간다. 아름다워 보이는 세계에 자신의 몸을 억지로 구겨넣기를 거부하면서, 단정한 아름다움보다 낯선 외로움의 자세로 나아갈 때, 우리는 아름다워 보이는 어떠한 정물보다도 더 뾰족한 모서리를 가지게 될 수 있을 것이다.

모호한 태도들이 모여 어물쩍, '우리'라고, '사랑'이라고, '아름다움'이라고. '시'라고 말해 버리려는 안일함 또한 도처에 널려 있다. 우리는 그 안일함을 어떻게 깨부수며 앞으로 나아갈 수 있는 것일까. 구지원 시인의 시 「그림이 그려져 있는 도시락」에서는 "다 깨져 버리고 남은 얼음, 내가 앉을 때 너의 맞은편이면 좋겠다" 라고 말한다. 억지로 무언가를 좋아하며 얻게 되는 가식이 아닌, 모든 것이 깨져 버리고 남은 하잘 것 없음. 그 앞에서도 나는 너에게, 너는 나에게 '우리'라는 이름으로 귀속될 수 있을 것인가. 구지원 시인이 시 속에서 그려 내고 있는 그림은 우리가 익히 알고 있는 그림과는 다르다. "그림이 움직인다/ 토끼가 캥거루가 된다" 이 구절에서 알 수 있듯이 그것은, 스스로 그림 밖으로 걸어 나가는 그림, '내'가 '나'라는 감각을 허물고 기꺼이 다른 몸이 되어 볼 수 있는 그림인 것이다. 게임의 한 장면처럼 어지럽게 흘러가는 이 세계 속에서 우리는 과연 '싫음'이라는 공통감각을 통해 내가 네가 되는 능동적인 경험을 해 볼 수도 있을 것이다.

박규현의 시들을 '우리'가 있었음의 증거로 내세우고 싶은 이유는 바로 '싫다'라는 감각이 가지는 예리함 때문일 것이다. 그 예리함이 만들어 기어코 밀어내고자 하는 일방적인 유리함과 편리함에 귀속되고 싶지 않기 때문일 것이다. "끝까지 싫어할 때 남게 되는// 파도가 있다. 밀려오고 / 가는 우리가 있다." (「증열」) 박규현 시인이 말하고 있는 풍경 속에서 '우리' 역시 끝까지 '좋아할 때' 남게되는 것이 아닌, "싫어할 때" 남게 되는 파도에 대해서 이야기한다. 1980년대에 고문실을 바라보며 우리가 느끼는 기이함은, 이곳에서 고통을 받으며 죽어 간 사람들과 지금 여기 서 있는 나 사이의 간극일 것이다. 그 간극 속에서 나는 일종의 어지러움을 느낄 수 있다. 그럼에도 그 어지러움을 기피하는 방식이 아니라, 마주보는 방식으로 나아갈 때 나는 나이면서, 동시에 당신의 고통에 연대하는 동행일 수 있다. "이방인이고 싶다 잠깐/ 머물다 떠나면 된다는 거"라고 말하는 시인의 태도에서 알 수 있듯 '이방인'이란 언제나 낯선 감각을 가지고 이곳에 머물게 되는 타자이다. 나는 나라는 몸을 거쳐 가는 타자로서 이곳에 머물게 된다. 그때 나는 온몸으로 '싫음'을 느끼며, 이곳을 저항한다. 그 저항감이야말로 싫다고 말한 이후에 남게 되는 '우리'라는 편린은 아닐까.

　　누구나가 '표준'에 들어가기 위해서, '일반'의 범주에 속하기 위해서 내가 내 경계를 저버리던 날들이 있었을 것이다. 누군가 무엇을 먹을 것이냐고 물어 왔을 때, 무엇이 좋으냐고 물어 왔을 때, 나는 나의 호불호에 대해서 한 번도 생각해 보지 않았다는 것을 깨달았을 때가 있을 것이다. 타인의 입맛에 맞추어 주는 사람, 이 시간을 무사히 '때울' 수 있기를 바란 적이 있을 것이다. 누구나가 이 순간을 아무렇지 않게 무마할 수 있기를 바라며 조마조마한 마음으로 상대편의 표정을 살피는 시간을 감내해 본 경험이 있을 것이다. "누가 웃으면 꼭 웃게 되지 나도 알아 그렇지만"(「싫음」) 이라고 말하는 김나율 시인의 시 속 화자도 그러한 경험 속에 놓여 있다. 한 교수의 권위가 자아내는 불쾌한 농담은 나를 불편하게 만든다. "세상엔 성실한 사람이 이렇게나 많다 교수는 웃음을 멈추지 않았다"에서 알 수 있듯, 그 권위와 불쾌 속에서 맞장구를 치게 되는 사람들은 악한 사람들이 아닌 나약한 사람들에 가까울 것이다. 자꾸만 우리를 성실하게 만드는 나약함 속에서, 우리는 언제 웃고 웃지 않아야 할까. 억지로 웃어 보이는 사람들 속에서 어떻게 하면 무표정하게 무표정을 선택할 수 있게 될까. 그 무마의 시간 속에서, 김나율 시인의 시를 읽는다. 그리고 용기를 얻는다. 무언가를 좋아할 용기가 아닌, 기꺼이 고개를 가로저을 용기. 이 시가 만들어내는 테두리에서 뚜렷이 비춰지고 있는 작은 바람이 있다면 당신이 싫어하는 것을 굳건히 싫어할 수 있기를 바라는 염원일 것이다. 계속해서 분노할 수 있기를. 미간을 찌푸린 표정, 입을 굳게 닫은 표정, 그것을 지속할 수 있기를. 뚱한 표정으로 손을 들고 말할 수 있기를.

차호지 시인은 「사랑하는 사람」이라는 시편에서 한때 사랑했던 사람들이 어긋나는 지점에 대해서 이야기한다. 서로 미

묘하게 어긋나는 지점들은, 한때 애틋했던 사랑의 감정이 무표정한 싫음의 감각으로 치환되는 순간에 대해 이야기한다. "그는 매일 내게 편지를 보내고 나는 그 편지를 되돌려 주는 방식으로 그에 관여했다"(「사랑하는 사람」) 라고 말하는 화자는 너의 편지에 '답장'을 하는 방식이 아닌 '되돌려 주는 방식'으로 그에 관여한다. 함께했던 사람의 순간에서 한 발자국 빠져나옴으로써 그 관계에 머물러 있는 것이다. "그는 내가 울면서 하는 말을 주의 깊게 듣지 않았고 편지가 젖거나, 구겨지거나 찢어지면 새로운 편지를 건넸다" (「사랑하는 사람」)라고 말하는 화자는, 네가 건네는 편지에 시큰둥하다. 발신자만이 남아 있는 편지. 지금 이 세계 속에는 사랑한다고 고백하는 사람만이 있을 뿐, 상대의 응답을 들을 준비가 되어 있는 사람은 없다. 그렇기에 나는 시큰둥한 얼굴로 너에게서 돌아선다. 나를 사랑한다는 고백은 언제까지 유효한 것일까. "나는 양손을 주머니에 넣었다 나도 모르게 그가 넣어 둔 편지가 주머니마다 들어 있었다" 이미 너에게서 돌아선 순간에 그 사람이 내게 한 고백들이 흔적으로 남아 있을지라도, 너와 나는 이제 더 이상 사랑의 감각으로 엮여 있지 않을지라도 서로에게 멀어지는 방식으로 끊임없이 관계하고 있는 것은 아닐까.

나혜 시인의 시 속에서 화자는 일상에서 겪게 되는 사소한 '싫음'의 감각을 세밀하게 집어내고 있다. "슬픔이나 우울은 삶의 무엇에 비해도 깊이가 얕기만 해"(「에스 오 에스」)에서처럼 나혜 시인이 말하는 '싫음'의 감각은 우리가 느끼는 무력감이 얼마나 얕은지를 이야기한다. "안전띠를 하라는 그림은 안전띠와 사람이 연결되어 있지 않은 그림"에서처럼 도처에 깔려 있는 작고 사소한 풍경들이 자아내는 기이한 불길함에 대해 이야기한다. 직설적인 목소리로 그런 것들을 "이 세상/ 마지막/ 기억으로/ 가져가지/ 마"라고 나혜 시인이 말하는 싫음의 감각은 일상을 비집고 들어서는 낯선 목소리로서, 하나의 리듬을 선보이기도 한다. 무력감을 느끼는 사람, 기묘한 불편을 느끼는 사람이 보여 주는 일련의 목소리는 또 하나의 리듬을 만들어 내면 '나아갈 미래'를 제시하는 대신 또 다른 차원의 감각과 일상의 변주를 내보이고 있다. 나혜 시인의 시들이 보여 주는 일상감과 리듬이 말하고자 하는 것은 무엇일까. 짐작건대, 저마다의 '체취'가 묻어 있는 '취향'을 가지고 작고 사소한 일상을 쌓아갈 수 있기를 바라는 것 아닐까. 곳곳에 널린 다행한 일들에 안심하는 것이 아니라 그럼에도 일어나지 않았어야 할 일들에 더 예민하게 반응하고 오래도록 목소리를 내기를. 이러한 불행을 초래한 것이 우리가 안이하게 지나쳤던 다행한 순간일 거라고, 나혜 시인의 시들이 그려 내는 시의 테두리는 '싫음'의 감각으로 새로운 공동체와 연대의 방식을 발명해 낸다.

소현 시인이 「내게 강 같은 평화」에서 보여 주는 일상의 혼란 역시 리듬을 수반한다. 화자는 카페에 가서 글을 써 보려고 한다. 그때 화자의 글쓰기를 방해하는 수많은 요소들이 등장한다. 옆 사람들의 대화 소리, 나의 글씨체, 바깥에 나가고 싶다는 욕구, 내 집중을 깨트리는 요소들은 도처에 깔려 있다. 화자는 그 방해요소들을 하나하나 뛰어넘으며 한 편의 글을 완성해 나가는 과정을 시로 써 내려가고 있다. 그것은 "나는 곧 아플 것 같다. 하지만 나는 움직인다. 펜과 함께 앞으로 나아간다." 라고 말하는 기백에서부터 출발한다. "한쪽 더 쓰라는 목소리는 나의 것이고, 한쪽 더 쓰겠다는 목소리는 나의 것이다." 라고 말하듯, 글쓰기를 지속할 수 있도록 하는 것은 내 안에서 들려오는 명령 이다. 나는 그 명령을 따라, 하나의 리듬을 발명해 나간다. "사 실은 다 끝났다는 거 알면서. 주절거리기. 주절거리기." 라고 말 하는 시인은 그 자체로 자기 수련을 하고 있는 장인처럼 보인 다. 글 한편을 끝까지 맺는 장인정신이야말로, "이대로 끝낼 수 는 없다고 생각하면서." 라고 굳게 마음을 다잡는 화자는 자신 의 일상에서 느껴지는 싫음의 감각으로부터 동력을 얻는 화자 이기도 할 것이다. 싫음에서부터 시작하기. 거기에서부터 다시 방편을 모색하는 골똘함이 시인이 시의 첫 행을 시작해 낼 수 있는 원동력이기도 할 것이다,

이 여덟 명의 시인들이 말하는 싫음의 면면과 속속들이 이 토록 세세하고 섬세하다면, 나는 '금사빠'를 자처할 수 있을 것 이다. 그것이 '금방 사랑에 빠'지는 사람이 아니라 '금방 사랑에 서 빠져나오는' 사람인 편이 조금 더 근사할 것이라는 확신이 선다. 우리의 이해가 억지스러운 '좋음'으로부터 파생된 것이 아니기를. 오히려 같은 것에 분노하고 같은 것에 싫증을 느끼 는 사람들이라는 것에서 우리는 조금 더 내밀해져 볼 수 있기를 바란다. 그렇기에 세심하게 대상을 싫어할 줄 아는 이 여덟 명

의 시인들에게 깊은 애정을 느낀다. 까탈스럽게 세계를 조각하고 기꺼이 손을 들고 건의하는 불편한 당신의 편에 서겠다고 말하는 순간, 우리의 세계는 조금 더 선명한 테두리를 가지게 될 것이다. 좋음에서 파생된 아름다움이 아닌 싫음에서 태동한 연대가 가능해지는 순간, 여기 쓰인 시들은 이 두루뭉술한 세계를 날카롭게 깎아 내는 조각칼이 될 것이다.

우리는 기어코 '우리'가 아닌 '각자'의 방식으로, 서로 다른 싫음의 이야기를 늘어놓을 수 있어야 한다. 그 이야기들이 세계를 안온하게 만들어 주지는 못할지언정 명민한 눈으로 이 세계를 직시하는 모서리가 될 수 있을 것이다. 여덟 명의 시인들이 모여 만든 모서리는 기꺼이 세계에 가위표를 그으며 구석을 도맡는다. 누군가는 그 뾰족한 구석이야말로, 보이지 않는 사각지대를 가리키고 있다. 무언가에 반대하는 목소리로서, 당신에게 연대하는 기민한 자세가 될 수 있다는 것을 보여 준다. 구석을 향한 발화야말로 사각지대에 처한 이들의 보금자리가 될 수 있다는 것을 이 여덟 명의 시인들은 각자만의 시선으로 보여주고 있는 것이다.

—

여세실

먹고 걷고 바라며 쓴다. 시집 <휴일에 하는 용서>를 펴냈다. [듀리의 감자일기] 주인장.

싫음

글쓴이	김윤리, 나혜, 이새해, 소현, 김나율, 박규현, 차호지, 구지원
해설	여세실

발행인	이상영
편집장	서상민
디자인	서상민
마케팅	이인주
교정·교열	노경수, 신희정
인쇄	피앤엠123
펴낸곳	디자인이음
	2009년 2월 4일:제300-2009-10호
	서울시 종로구 효자동 62
	02-723-2556
	designeum@naver.com
	instagram.com/design_eum

발행일	2023년 9월 20일 1판 1쇄 발행
값	12,000원
ISBN	979-11-92066-26-4　03810